NOSTRO-DAMO

DÉ PEYRAGUDO,

A PENNE.

—⁂—

Non te prætereat narratio seniorum : ipsi enim
didicerunt a patribus suis.
Ne laissez point perdre les traditions des anciens: car eux les ont apprises de leurs pères.
(Ecclesi. 8, 11.)

—⁂—

Trente-cinq Centimes au profit de l'Œuvre.

VILLENEUVE,
Imprimerie de Glady Frères.
—1841.—

SE VEND:
À Villeneuve, *à la Librairie de Glady frères;*
A Penne, *au dépôt de l'ouvrage.*

La ville de Penne (*Pinna Aginnensis*, la Penne en Agenois) a toujours été sous la protection de la Très-Sainte-Vierge. Son église du Mercadiel, la chapelle de son château-fort, qui servit si long-temps à la confrérie de ses pénitents, l'église de son couvent que ses superbes ruines font tant regretter, l'église de Peyragudo, toutes, sous des vocables différents, étaient consacrées à Marie. C'était surtout à Notre-Dame, à l'église de la Pierre-Aiguë, que les fidèles du lieu et de toute la contrée aimaient à invoquer la Reine du Ciel. Les pèlerins affluaient à ce sanctuaire, et cette dévotion à Notre-Dame-de-Penne, n'a cessé d'amener de nombreux concours qu'à la destruction de l'église, en 1793.

Nous avons recueilli avec amour les pieuses traditions de la localité sur ce culte de Notre-Dame; car nous ne sommes pas non plus *de ceux que fait sourire la simplicité de foi du moyen-âge*. Nous les donnons telles quelles à la piété de nos chers concitoyens.

NOSTRO-DAMO
DE PEYRAGUDO,
DE PENNE.

Il y a long-temps, bien long-temps, disaient à nos anciens les anciens de leur jeune âge, à l'ouest du Château du Roi, sur le plateau circulaire, d'où l'œil contemple avec délices et la verdoyante vallée de Sainte-Foi de Penne, et le riche bassin de Villeneuve avec son Oldus aux sinueuses rives, aux bouquets de bois qui couronnent sa marche, et enlacent ses eaux limpides, comme dans un réseau de verdure, une jeune bergère suivait les brebis de son modeste troupeau. L'immobilité de ses regards, la lenteur de ses pas, ses doigts suspendant par intervalles les ronds de son fuseau, tout trahissait une préoccupation profonde, et l'abattement de ses traits disait assez qu'il y avait de la peine dans ce cœur de quinze ans. Hélas! plus d'un l'expérimente dans la vie: faut pas toujours descendre au fond du vase pour trouver l'amertume!..

La jouvencelle laissa ses brebis s'installer dans ces pâturages abandonnés, et se dirigea vers cette roche aiguë qui s'avance en saillie au flanc du rocher où s'élevait naguère menaçante la tour princière, la tour

carrée du Roi. Là, elle interrogea des yeux autour
d'elle, et se voyant seule, bien seule, elle déposa sa
houlette, sa quenouille, son fuseau, et se mit à genoux
aux pieds de la roche, dans l'angle étroit qui la déro-
bait aux regards curieux.

Quelle était donc cette peine que la jeune vierge
voulait cacher à la terre pour ne la dire qu'à Dieu dans
le creux de la pierre?

Recueillie, silencieuse, ses lèvres accompagnèrent
d'abord de leur mouvement une prière intime, secrète;
mais peu à peu sa douleur s'anima, et malgré les sanglots, les paroles devinrent rapides, ardentes; ses yeux
brillèrent de larmes, et ses mains s'élevèrent en sup-
plications, et un cri perçant s'échappa de son sein, et
la fille tomba affaissée. La douleur avait vaincu ses for-
ces, mais non pas sa confiance; car aux battements de
sa poitrine, on voyait que son cœur continuait à prier.

Le ciel était sombre et nuageux; un vent piquant je-
tait de légers flocons de neige sur le visage de la fille
ainsi évanouie. Tout-à-coup ses brebis accourent avec
des bêlemens plaintifs; elles se pressent comme pour
réchauffer de leur chaleur leur bergère infortunée; l'a-
gneau qu'elle chérit lèche une main qui ne répond point
à ses caresses; mais au milieu d'elles, une dame,
une grande dame, à la robe blanche, étoilée
d'or, au port noble, au sourire grâcieux, une grande
dame a pris la main de l'enfant, et la soulevant avec
bonté, elle l'a attirée sur son sein, et rendue à la vie.

Enfant, enfant, disait la grande dame, avec sa

douce voix; enfant, ne crains rien; ose me confier ta peine; pourquoi souffres-tu? oh! parle-moi, ma fille... ne crains plus!... Et l'enfant, rendue à toute sa douleur, l'œil à demi-hagard, et fixé sur la grande dame, disait : J'ai faim!... ma mère a faim!... mon père a faim!...

Calme-toi, calme-toi, bonne fille!... ta prière est montée à Dieu. Celui qui nourrit l'hirondelle et ses petits, ne laissera périr ni la bonne fille, ni les parents qu'elle aime. J'ai faim aussi, ajouta la grande dame; lève-toi, chère enfant, abandonne-moi le soin de tes brebis, cours à ta mère, dis-lui de cuire un pain, un pain pour elle, un pain pour ton père et pour toi; j'en veux ma part, enfant; reviens vite, j'aime le pain des larmes. — Dame! dame! répliqua la fille, toujours immobile, toujours pleurante : l'été s'est enfui, l'hiver est venu; la gerbe du champ de mon père s'est épuisée, il n'y a pas même du pain des larmes dans la maison de mon père. Le pauvre souffreteux ne travaille pas dans ces jours rigoureux; ma mère languit d'inanition; moi, je ne leur demande pas de pain; car il y a deux jours, ma mère m'a donné le dernier reste. Ce matin, je m'étais cachée pour demander l'aumône à Jésus et à sa bonne mère... Mais, dame! dame! n'en parlez pas, car mon père veut qu'on travaille, et qu'on ne geuse point.

Oh! sois tranquille! celui que tu priais dans le secret t'aumônera dans le secret; cours vite, enfant, cours à ta mère. Il y a du pain dans la demeure du souffreteux. J'en veux ma part; j'aime le pain des larmes, reviens à moi avec ma part.

Oh ! puisque vous avez faim aussi, je voudrais qu'il y eût du pain dans la demeure de mon père, et il y en aurait pour vous et pour ceux qui souffrent !... et la fille toujours sanglotante, restait toujours....

Enfant, il y a du pain dans la demeure de ton père : la gerbe a donné de son froment, et la pâte fermente au pétrin de ta mère. Cours, ma fille, j'en veux ma part. Et en disant ces mots, les paroles de la grande Dame étaient remplies d'autorité. Ses yeux étincelaient d'un éclat majestueux, et la main tendue vers la chaumière du pauvre elle ordonnait et ne caressait plus.

La bergère avait obéi; elle courait à sa mère. Son esprit ne raisonnait pas et son cœur s'emplissait d'espoir. La fille des champs, simple et docile ne savait pas douter de la parole des autres. D'ailleurs la voix de la grande dame était si solennelle, si assurée, si bienveillante !

Mais grande fut l'incrédulité du pauvre et de la *pauvresse* avec leurs malheurs présents, ils tremblèrent pour un malheur bien autre ! Et à leur fille, qui leur annonçait du pain, qui leur demandait du pain pour une grande dame, les infortunés, ébahis, consternés, ne répondaient qu'avec des pleurs et des sanglots. Le sourire, l'empressement, l'assurance de la fille triomphèrent de leur stupéfaction; elle leur communiqua de son espérance, elle les entraîna au pétrin, et, comme l'avait dit la grande dame, la gerbe avait

donné de son froment, et la pâte débordait fermentée
au vieux pétrin du pauvre. Celui qu'ils avaient prié
dans le secret, les aumônait dans le secret, comme
pour respecter une pudeur trop sensible. « Oui, oui !
ajoute le chroniqueur de ces jours de foi, hélas ! mal-
heureusement passés maintenant ! Oui elle est vraie la
parole du Seigneur Jésus, au Saint Évangile : deman-
dez, et vous recevrez. Cette pauvre a crié vers Dieu, et
Dieu l'a exaucée. » Dans sa piété naïve, il rappelle :
« Les pains multipliés au désert, la débonnaireté du
Sauveur à Cana, parce qu'ils n'avaient point de vin,
et le corbeau d'Elie, et le gâteau sous la cendre, au pied
du genièvre, et le vase de farine qui ne s'épuisait point
chez la veuve, à Sareptha. Ce qui est impossible aux
hommes, est facile à Dieu ; il ne se nomme pas en vain
le Tout-Puissant. » Ainsi croyaient nos pères, et leur
foi obtenait des miracles.

Besoin n'est pas d'affirmer qu'il y eut joie dans la famille, et hâte pour cuire le pain octroyé de Dieu aux
prières de la pieuse bergère, et pour porter sa part à
la grande dame, « pas n'en mangèrent pour l'apporter
entier, si contents ils étaient d'en avoir et d'en donner. »
Ils remontèrent légers et vite la rampe du coteau. Les
brebis paissaient en paix ; l'agneau vint bêlant à leur
rencontre ; leurs yeux cherchèrent en vain. La grande
dame s'était dérobée à leur reconnaissance, pour l'éle-
ver plus haut, au ciel ! Sans l'agneau, l'agneau qui
bêlait toujours à sa bergère pour l'attirer sur ses pas,
ils n'auraient pas su tout leur bonheur. Il allait mar-

chant devant eux ; mais à l'angle de la roche aiguë,
l'animal ploya ses deux genoux, baissa la tête et bêla,
bêla, mais de bonheur !... Pourtant il ne regardait pas
sa jeune maîtresse. Une odeur d'encens, un parfum
céleste embaumait la grotte de la roche aiguë, et dans
l'angle, sur une saillie de la pierre tapissée de mousse,
ô gage précieux ! ô souvenir d'amour et de charité !
— C'est ma patronne, s'écria la jeune fille, c'est la dame
du ciel, la bonne mère du Seigneur-Jésus ; c'est elle
qui nous a donné du pain !

Et tous étaient à genoux, tous priaient Marie, la
bénigne Marie, la mère de miséricorde qu'on n'invoque
jamais en vain. Leurs yeux ne pouvaient se détacher
de la petite madone en pierre qui brillait sur la mousse,
et que l'agneau leur avait appris à vénérer.

La jeune fille recueillit de ses pieuses mains l'image
bénie, la pressa sur son cœur, et alla vite à l'église du
Mercadiel, au sanctuaire de la Vierge, déposer ce té-
moignage de la protection céleste. Là, elle épancha
son bonheur avec sa reconnaissance au prêtre qui veil-
lait à l'autel Elle voua à Jésus, avec son innocence, le
reste de ses jours, aux pieds de la Madone, de la grande
Dame, sous les auspices de celle dont sa mère lui avait
donné la livrée au berceau.

Dès ce jour, le pain ne manqua plus à la protégée de
Marie ; et la protégée n'oublia pas sa bienfaitrice. Ecou-
tez encore : Le lendemain, son vœu de la veille amena
la jeune Marie au Mercadiel, au sanctuaire de la Vierge.
Le gage de sa protectrice, la madone bénie avait dis-

paru. Les recherches du prêtre et les siennes furent
inutiles. La fille désolée vola à la roche aiguë pour se
plaindre et prier, dans l'angle, où sa patronne, la veille,
l'avait si bénignement écoutée. C'était là sur la saillie
tapissée de mousse, que l'attendait l'image vénérée de
la Vierge-Mère. A cette vue, une pensée alla jusqu'à
son cœur, mais elle hésita, renouvela les épreuves
plusieurs jours de suite, et trouva la statue auguste fi-
dèle à sa niche de mousse, dans l'angle de la pierre
aiguë. La Reine du ciel, sa grande dame à elle, mani-
festait assez sa volonté. Alors la bergère ne garda plus
le silence; car s'il est bon de taire les secrets du roi, il
est juste de publier les bienfaits du Très-Haut, pour
que tous bénissent son saint nom, et participent à ses
largesses.

Au récit de ces événements mystérieux, de ces pro-
diges de providence, à la vue du pain qui ne s'épuisait
pas au vieux pétrin de la famille, la religion des fidèles
s'émut, et bientôt Notre-Dame eut un sanctuaire au
coteau de la pierre aiguë, où elle avait manifesté sa
toute puissante médiation, où elle s'était montrée la
mère de ceux qui souffrent.

Marie, Notre-Dame, reçoit sans doute aujourd'hui
dans le ciel des louanges immortelles, pour bien des
larmes essuyées, bien des plaies du cœur guéries; car
l'église dilata son enceinte pour pouvoir suffire aux
pieux concours. Il faut entendre nos pères parler de
la nef gracieuse, de ses chapelles latérales, de la source
aux eaux qui n'étaient pas sans vertu, des solennités de

Notre-Dame aux jours de l'assomption triomphante !
Nostro-Damo-de-Peyro-Agudo était le cri d'invocation
à *dix lieues à la ronde*, comme ils disent.

Mais le 14 d'août ! ce jour-là l'église se parait de
toutes ses richesses, plus de vingt prêtres de la banlieue
venaient célébrer les saints mystères à l'autel privilégié.
L'affluence des pélerins était immense. Les maisons de
la ville ne pouvaient fournir assez de logements, et des
tentes nombreuses étaient dressées sur le plateau, sur
les flancs de la montagne, pour les recueillir. Les plus
fervents faisaient la sainte vigile dans la dévotieuse chapelle, et se préparaient à recevoir les bénédictions de
la grande journée ! Oh ! les beaux jours qu'ont vus nos
pères ! Et ces jours n'étaient pas perdus pour l'utilité
matérielle de la localité. Les marchands de toutes sor-
tes ne manquaient point, et les habitants gagnaient à
ce commerce, que leur attirait la dévotion à leur
Notre-Dame.

Au temps d'horrible mémoire, aux jours de *quatre-
vingt-treize*, l'impiété du philosophisme souffla sur la
France ; Dieu pour la punir de l'abus de ses faveurs,
retira un instant son œil paternel, et l'enfer déchaîna
sa rage. Il lui fut donné d'aveugler l'esprit et le cœur
d'une partie du peuple et des grands ; de prévaloir
contre la société et la religion. La patronne de la France,
Marie, vit disparaître les autels, que la piété des rois
et des français lui avait élevés à coté des autels de
son fils.

Des hommes... pourquoi n'appartenaient-ils point à

ces hordes sauvages qui ravagèrent tant de fois notre belle patrie ? pourquoi n'étaient-ils pas tous étrangers ? Cette pensée soulagerait notre douleur ; nous n'aurions pas à plaindre des frères pour le mal qu'ils firent à leur lieu natal ! Hélas ! les ruines de ces autels où leurs mères les avaient agenouillés enfants, où ils avaient bégayé le nom si doux de Marie, où tant de générations avaient marqué leur respect pour la patronne de leur berceau, ces ruines ont dû attrister leur vieillesse ! Bien de remords ont dû s'amasser dans leurs âmes, si, des débris souillés par leur démagogie sacrilège, ils ont levé quelquefois les yeux vers le Ciel où ils allaient être cités, où le cri, qui ne s'étouffe point, leur proclamait la présence de ce juge à qui rien ne se dérobe et qui les attendait. L'histoire inexorable dira peut-être que le mal n'a pas porté bonheur. Espérons que la Mère, refuge des pécheurs, aura obtenu que les profanateurs de son culte, s'ils ont été châtiés ici-bas pour sauver de la contagion de leurs exemples, aient pu trouver de la miséricorde au Ciel.

Notre-Dame de la Roche-Aiguë n'échappa pas à la fureur impie. L'église fut détruite, les pierres de son sanctuaire, dispersées ; mais la madone vénérée, l'image sainte de la Grande-Dame, Marie nous l'a conservée. Lorsqu'il plut à Dieu de ramener le calme, lorsqu'il laissa rouvrir les temples qui étaient restés debout, l'image de la Vierge-Mère de l'étable de Bethléem, de la pauvre ouvrière de Nazareth, la madone vint s'abriter auprès des tabernacles dépouillés de son enfant-Dieu.

Nous l'avons toujours, la Nostro-damo-dé-Peyro-Agu-
do! elle nous aime comme elle aima nos pères; ne
méritons pas qu'elle nous quitte! Tous ceux qui mar-
chent avec moi dans la vie, depuis son retour à l'église
du Mercadiel, nous avons été baignés aux eaux sain-
tes, sous son regard de mère; et il nous souvient que
dans notre enfance, pendant l'octave qui était si belle
à l'église de Peyro-Agudo, l'église du Mercadiel, pour
fêter Marie, se parait de ce qu'elle avait de moins
pauvre; elle exposait la madone vénérée, avec son
collier de perles bleues, sa belle robe d'azur et sa cou-
ronne de brillants, au milieu des cierges qu'avait allu-
més la dévotion. Là, pendant huit jours, aux heures
du soir, la cloche natale nous appelait, et nous chan-
tions aux pieds de la Vierge les prières que l'amour,
l'admiration et la reconnaissance de l'église ont consacrées à la louange de notre patronne.

Une dévotion indiscrète, égoïste, tenta de se l'appro-
prier en 1801; mais le pieux larcin ne dura pas.
M. l'abbé Lacoste, que son zèle et ses vertus ont si bien
fait connaître à Penne, sous le nom de M. Julien,
porta sa plainte et celle des fidèles au procureur-géné-
néral; les juges se transportèrent au Mercadiel pour
constater le vol. La peur effraya le recéleur, et la petite
madone revint en secret à sa niche vitrée, au Mercadiel.
Je sais que plus d'un œil nous l'envie; qu'une curiosité,
louable sans doute sous le rapport de la science, mais
trop profane pour cet objet si vénérable, la convoite à
cause de son antiquité. Que lui importe un vestige de

plus des âges anciens ? Une statuette que l'irréligion ou
des accidents ont mutilée en quelques endroits. Elle va
bien ainsi à la Mère du Calvaire, et à notre cœur aussi
dans cette vallée de larmes. Laissez-là à notre dévotion ! Mais la vigilance du pasteur déjouera vos des-
seins et nous ne serons pas deshérités.

Que ne pouvons-nous lui rendre sa gloire, à la madone, sur le plateau qu'elle avait choisi, à l'angle de la
roche aiguë ! Je sais qu'un prêtre, fervent au culte de
Marie, avait eu un dessein; mais sa charité s'épuise
ailleurs, et le sanctuaire de Notre-Dame ne s'élève
point. Pourtant ce terrain est toujours consacré à Marie,
et son nom sacré en aura la propriété long-temps encore. Et puis la Religion lui a donné une consécration
nouvelle : là reposent nos morts, nos trépassés bien ai-
més, sous la garde de Notre-Dame, de celle qui les a
protégés dans la vie, qui a prié à leur dernier pas-
sage..... Maintenant, comme une tendre mère, elle
semble veiller sur le sommeil de ses enfants, pour leur
sourire au réveil de l'éternité, dans les puissances du
Seigneur Jésus.

S'il savait comme un petit oratoire à Nostro-Damo
de Peyra-Agudo réveillerait des sentiments chrétiens,
il ferait des épargnes sur l'église du Mercadiel et sur
tant d'autres qu'il enrichit; la charité des fidèles et des
environs s'unirait à la sienne. Le Mercadiel restituerait
la madone à son sanctuaire, et nos morts y gagneraient
en prières ! Il verrait revivre ce qu'il a vu dans les
heureuses vacances qu'il passait parmi nous, quand il

avait des vacances; les vieillards, suivis de leurs petits
fils, et montant à pas lents, le soir des dimanches,
dans les beaux jours, pour prier sur des tombes ché-
ries ! Nos morts vont toujours à Notre-Dame, mais la
piété n'y conduit guère les vivants! Le saint commerce,
la solliciteuse tendresse de la famille de la terre en-
vers la famille des trépassés, sont interrompus ! Oh !
qu'il serait béni s'il redonnait un sanctuaire à la madone de Nostro-Damo de Peyro-Agudo ! Plusieurs des
morts qui dorment au plateau de Marie, l'ont aimé;
on sait qu'il les aime, on ne désespère pas.

Nous sommes heureux :

Le prêtre a promis de ses épargnes pour le petit
oratoire de Notre-Dame et de nos morts ! Notre désir
se change en projet. Avant de se réunir à leurs parents, à leurs amis qui dorment leur sommeil à Notre-
Dame, plusieurs peut-être, plusieurs pourront encore, au sanctuaire de Marie, aux pieds de la madone,
redire la prière de l'enfance que leur enseigna une
mère chrétienne pour les anciennes fêtes du lieu saint.
La charité des fidèles de la paroisse de Penne et des
environs s'unira à la charité du prêtre, nous l'espérons.
Déjà, nous le savons, on bénit ce projet, et on ne
sera pas sourd à ce religieux appel.

Afin que tous puissent contribuer à sa réussite, on
acceptera l'obole et le talent, depuis le centime jusqu'au chiffre qu'on ne borne pas. Les pierres, les bois
de construction, les services pour les transports, pour
la main d'œuvre, le linge pour la chapelle, tout sera

reçu avec reconnaissance au nom de Notre-Dame. On pourra se faire inscrire ou faire remettre son offrande, chez les sieurs Pierrille Cassany, Doumergue et Delrieu fils, au Cercle, tous trois membres du bureau de la Fabrique. Le trésorier en aura la garde. Un registre sera déposé dans la chapelle et conservera les noms des bienfaiteurs connus. Des prières seront établies pour tous.

Fiat!.... Fiat!...

www.ingramcontent.com/pod-product-compliance
Lightning Source LLC
Chambersburg PA
CBHW061507170626
46811CB00004B/1637